周此山先生詩集

元　周權撰

清　鮑氏知不足齋抄本　清　鮑士恭校并跋

浙江大學圖書館影印

周此山先生詩集

元 周權撰

清 鮑氏知不足齋抄本 清 鮑士恭校并跋

浙江大學圖書館影印

《周此山先生詩集》影印說明

《周此山先生詩集》四卷，元周權撰，清乾隆間鮑氏知不足齋抄本，鮑士恭校並跋，張煜跋。鈐「鮑士恭印」「知不足齋抄冊」「張煜」諸印。

周權（一二七五—一三四三），字衡之，號此山，處州（今浙江麗水）人，元代詩人。延祐六年（一三一九），周權離家赴京師，以詩會友，常与趙孟頫、虞集、揭傒斯、陳旅、歐陽玄、馬祖常等詩壇耆宿以詩互相酬答。如集中有《呈趙子昂》詩，而趙孟頫亦有《題周秀才此山堂》詩「青青雲外山，炯炯松下石。古顏在山中，風神照松色」，更親寫「此山」二字為額相贈。

是集為四卷本，卷一為五言古詩，卷二為七言古詩，卷三為五言律詩、七言律詩，卷四為五言絕句、七言絕句，收詩二百三十餘首，為陳旅精心別擇。除陳旅序外，袁桷、歐陽玄、揭傒斯也欣然為之作序跋。袁桷序稱其詩「意度簡遠，議論雄深，法蘇黄之準繩，達《騷》《選》之旨趣」，歐陽玄稱其「無險勁之辭，而有深長之味；無輕靡之習，而有春容之風」，陳旅序稱其詩「簡淡和平，無欝憤之放傲」「簡淡和平，語多奇雋」。《四庫全書總目提要》云歐陽玄所稱尤為知言也。

是書為清代浙江著名藏書樓鮑氏知不足齋抄本，鮑士恭校並跋。鮑士恭，鮑廷博之子，祖籍安徽歙縣，後定居浙江桐鄉。乾隆時修《四庫全書》，廣征天下圖籍，鮑士恭承父命獻書六百二十六種，為浙江私家藏書之冠，四庫本《此山詩集》即據鮑士恭進呈本抄錄。鮑士恭跋言原集刊於元而旋毀於兵燹，後久無刊本，外間偶有抄本，則既非足本又訛誤迭出，民間苦無善本。是本從《永樂大典》中錄出，又經鮑士恭悉心詳校，誠善本也。

是書為浙江大學圖書館珍藏，紙墨精良，字體精整，朱墨燦然，令人賞心悅目，已入選《第二批國家珍貴古籍名錄》。今由富陽華寶齋仿真影印，使館藏秘笈化身千百，以垂久遠。

予訪求此山詩集甚久，康熙刻本未償厥願，茲忽見此於臺灣書肆，其所抄字跡雖不甚精妙，而點校詳細，殊不愧鮑公手筆，洵係秘冊，喜不自勝，急以二十金購歸。惟舊裝四冊均用頁襯紙糊裹，角既書根半爲蟲蝕不堪。茲將襯頁抽出，除總紙糊，從簡裝訂，永久保存之良法甚妥。茲歲己寅長夏南皮張煜識 時年七十有九

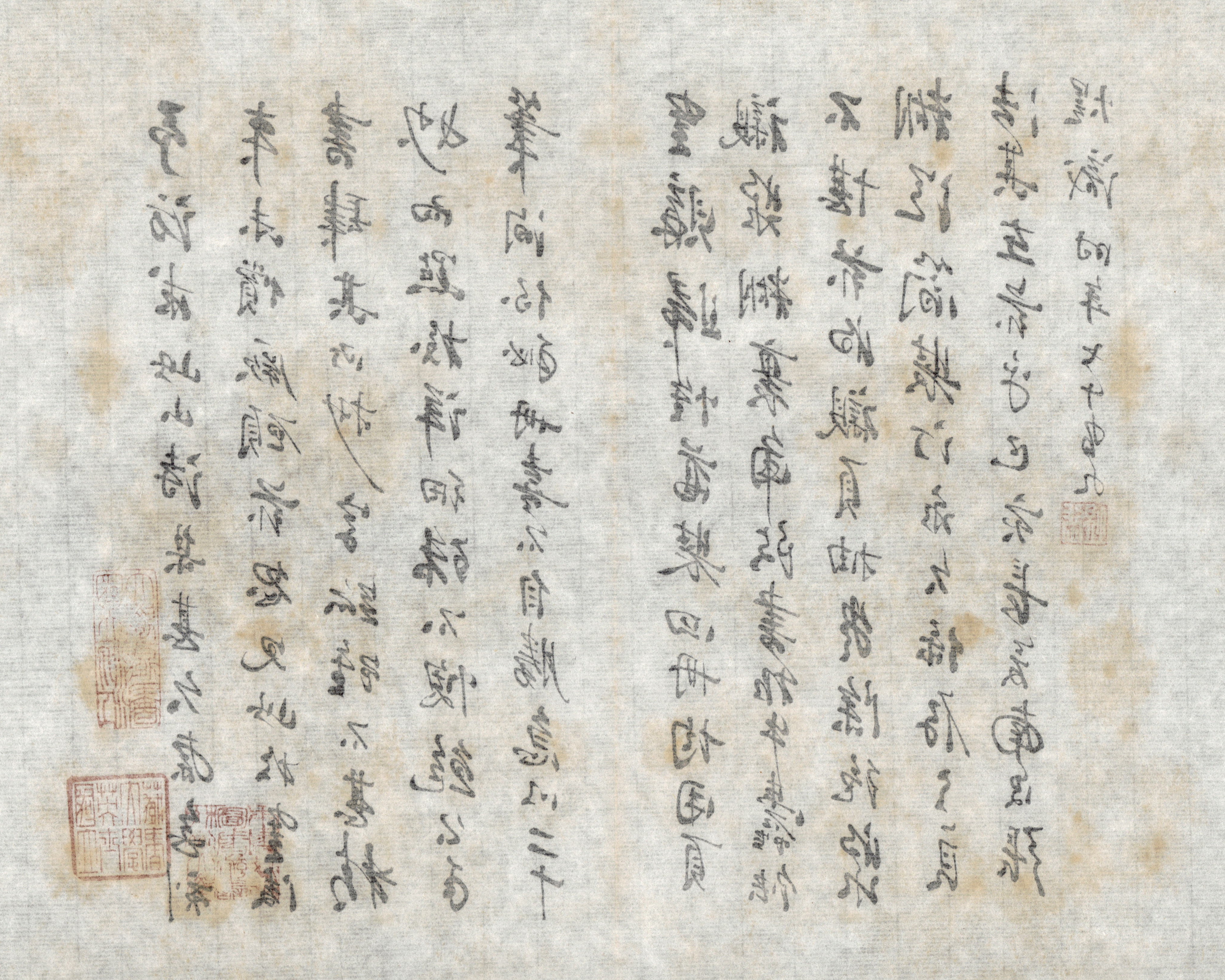

此山元處州人姓周名權號衡之為
元代詩人之選吐屬既高筆亦駸駸
入古原集刊於元而旋燬於燹入後
久無刊本外間偶有傳抄類皆摘選
誤訛迭出而足本殊為罕覯茲從永
樂大典中舊本照錄詳加點校庶使
廬山不失真面云

古歙鮑士恭識

序

詩有經緯焉詩之正也有正變焉後人傅益之說也傷時之失溢於諷刺者果皆變乎樂府基於漢實本於詩考其言皆非愉悅之語若是則均謂之變歟建安黄初之作婉而平羈而不怨擬詩之正可乎以文爲詩濫觴於唐韓吏部始然而舂容激昂於其近體猶規規然守繩墨詩之法猶在

也宋世諸儒一切直指謂理即詩也取乎近者爲貴禪人偈語似之矣擬諸採詩之官誠不若是迨蘇黄傑出遂取代言詩者之法而更變焉音節凌厲闡幽揭明智晰於秋毫數殫於章亥詩益盡矣止矣莫能以加矣故今世作詩者咸宗之括蒼周君衡之磊落湖海士也東書來京師以是編見贄意度簡遠議論雄深法蘇黄之準繩

達騷選之旨趣歷覽名勝長歌壯吟亦皆寫其平生胸中之耿鬱至於詞筆尤為雅健談之亹亹忘倦誠有起予者乃知山川英秀之氣何地無奇才感歎之餘因詩此以贅其卷首時

延祐六年閏八月庚申前史官會稽袁桷

書

序

括蒼周君此山初以四明袁文靖公薦選預館職君雅志冲挹垂成而歸乃得肆力於古辭章所為樂歌行大篇小章衆體畢具往往多可誦之句頃國子生葉敬常攜其篇詣余評之余愛其無險劲之辭而有深長之味無輕靡之習而有舂容之風因謂敬常曰周君其温然有德之士乎他日

君乘小車來過予體充而氣龐神腴而言揚此其蓄於内者厚發於外者閤若符節然或曰能詩不必有德有德者不必能詩周君何以因而知人若蓍蔡也予曰不然古之人聞樂以知政詩與樂同出一轍初皆感於性情而發於聲音者也因詩以知人蓋又古人之通技也抑予不獨因是以知周君平生且有以觀世尚矣宋金之季

詩人高者不必論論衆人之作宋之習近蓊骫金之習尚號呼南北渾一之初猶或守其故習今則皆自刮劘而不然世道其日趨於盛矣乎故詩之至者必發於渾然天真若周君則有是而從事於詩者也其孰能過之因志予之說於是

元統二年八月初吉翰林直學士中憲大夫知制誥同修國史廬陵歐陽玄序

僕旣序復見詩集晉莆田陳君處陳為之精選又倍神花焉僕因致點校之助於其間云歐陽玄識

序

風雅不作詩之變屢矣大抵與世相為低昂其變易推也近世為詩言愈工而味愈薄聲號而調愈下日煆月煉轉不若時昔闒巷刺美之意世德之衰一至於此我國家以淳龐大雅之風丕變海内為治日久山川草木之間五色成文八風不姦士生斯時無事乎文章而其言自美況以文章

而歌詠雍熙之和風乎此山周先生以括蒼來京師訪予靈椿寓舍與語竟日知能為詩因索其所作觀何其言之靄如也夫志得意滿者其辭傲以放先生懷材抱藝早有意於用世既而托迹邱園不見徵用且老矣考其詩簡淡和平無鬱憤之放傲非有德者能如乎傳曰溫柔敦厚詩教也先生可謂溫柔敦厚之德矣予官橋門七

年凡四方文字當程校者莫不寓目焉嘗疑山林間必猶有可觀者未之見也此詩蓋山林之魁礨而予所未見者乎故閱之不能去手因選其最佳者得四卷爲題此山詩集云登仕郎浙江等處儒學提副舉陳旅書

此山詩不但簡淡和平而語多奇雋予爲校選故能深知之也比翰林袁學士以其才堪大用薦充館職吾恐此山不能遂肥遯之樂也旅又識

周此山先生詩集卷之一目録

五言古詩

周此山先生詩集卷之一目錄

仙源

幽居

山上宮丈人

沁人

訪友

秋涼

梅竹引泉

謝僧智疏

悼白水見居士

冥樓思古

次韻張洞雲

洛過日

浦中

西山

夏日宿友晚步泛聽泉軒

松下泉

周此山先生詩集卷一目録終

九日陪大谷東谷定香寺
山中雪
次鹽屋原
西山書館植薔花薇年主亡後
造溪溪
相逢吟
讀梁巡傳
明妃曲

冠山先生詩集卷一目錄終

周此山先生詩集卷之二目録

七言古詩

岡比山先生詩集卷之三目錄

五言古詩

周此山先生詩集卷二目録終

周北山先生詩集卷三目錄終

周此山先生詩集卷之三目錄

五言律詩

周北山先生詩集卷之三目錄

五言律詩

家中送叔歸去
和同舟葉亭韻
再次韻郎本和
次韻汪可道
汪良甫夜飲
稽子安遷居
沉雲趣
次韻汪德華

次韻錢濟川
來雲僧舍
小隱
山莊夜宿
社日
意行
郊外
次韻汪德華

七言律詩

七言律詩

輓劉贊館
其二
輓東伯長學士
雨後觀荷
九日
晚春
次韻友人
張氏閑居
江村夜泊
秋望
閑居
友人來謁奴
次韻汪伯和
秋日
次韻雲上人
和靖墓

周此山先生詩集卷三目錄終

周北山先生詩集卷三 目錄

謝歐陽學士

葉啟帝良

呈陳東仲田教

賀歐陽公除翰林學士

次韻子昂學士入日立春

看鏡

關丁逢儒

京師

召景橋

同楊思古夜飲

對雪

周此山先生詩集卷之四目錄

五言絶句

北山先生詩集卷之四目錄

五言絶句

次韻僧惠茶

悼白石道士馮鶴與

雜興

其二

其三

其四

其五

其六

其七

其八

其九

其十

十一

十二

十三

七言絶句

次韻竹左先生見寄上
立春日寄呈
雪後
信過
過梅花塢
晚望
其二
漁沼

雪霽
晚眺
溪上
歸途
題松
題客至
七言絶句
十三

周此山先生詩集卷四目録終

周北山先生詩集卷四目録

立春

即事

九日

周此山先生詩集卷之一

五言古詩

擬古

洪鈞播無垠八埏蕩和風枯叢向華滋陳荄變纖葺高門與窮巷嫵媚白與紅陽和不擇地化育自至公惟人物之靈此理均降衷大朴日凋喪町畦生室中貴賤移親疏貧富乖始終誰能返其初物我俱玄同

其二

東溟躍羲和西海沉望舒迭運不遑息汲汲司晨晡人生百年間有如涉長途途長日苦短何日寧其軀白露沾我衣衆芳忽萎枯逝將躡飛霞駐景凌方壺

其三

黃河天際來噴薄萬里奔寸膠使之清意堅水彌渾誰抱綠水操乃向齊門彈奈何

堅木難渾誰施綵斗藻巧同齊門牆參何
黃河天際來噴薄萬里奔千聲夜入清意

其三

萎枯迷將蹋飛霞駐景於玄臺
日苦短何宵其瞻白露沾被衣裳若悲
汲回晨曦入生百年間有如游鹿逢逢衣
東河躍羲和西海沉望舒迷運不遑過及

其二

流貨富亦居殺誰能逐其利爲教俱宣回
降寒大朴日溫奢田畦生家中貴賤將亂
不擇地化育自至公惟入治之靈氏理均
芳蘭纖茸高門與窮巷無論白與紅陷和
洪鈞播無垠八埏蕩和風枯叢忽華滋陳

擬古

五言古詩

周北山先生詩集卷之一

虛所捘舍彈起長嘆

其四

有客山中來遺我千歲岑膚腴淡無味色
素少芳馨且言養真性服久能身輕膏梁
非吾有終焉佩高情

其五

朝菌迷晦朔大椿閱春秋鶴長斷則悲鳧
短續亦憂人生貴委順賦予不可求永維

南華篇達人諒悠悠

其六

莊周夢為蝶蝶夢亦蘧蘧子綦來求吾隱
几何嗒如忘形與忘情一念匪異途作夢
未心真似我良匪吾無鑑畫自明白生室
乃虛忘然對青山悠然雲卷舒

其七

山中有孤松托根深澗在磊磊多節目偃

蹇歲云晏豈無干雲心亦有傲霜榦蕭颼起清奏可挹不可玩大雅久寂寥古瑟絃已斷羡哉遺音內佇立為三歎

讀陶淵明傳

淵明任疏散出處皆逍遙悠然觧縣組不折五斗腰晴川風日佳歸舟喜搖搖及門對妻子不覺衣香枵居貧道則腴念澹迹已時復會田家興至不待邀種荳在南山

種苗在東皋披閑偶成趣心逸形匪勞孤懷托素琴萬事付濁醪樂天以乘化內適何陶陶若人渺何許世遠不可招千載東籬菊寒香翳叢蒿采采不盈掬佇立秋風高

田家辭

生長畎畝中稼少已諳既壯忽復老支羸謝鋤芟小舟杙斷溝鷄鳴松樹簷農閑子

于茆春至婦亦蠶出門無遠逶一室常團欒所期年歲登更願官府廉官污歲復歉我實何由黔

其二

籬畔白扉扉墻頭烏桕樹日暄鶴髮翁衣綻紉老嫗群兒戲翁前丁壯入場圃忽聞新詔下昨日減租賦比鄰喜津津額手遞相語悍吏無叫囂晏然處環堵豐年樂無涯況乃生樂土床頭新芻東前村賽神鼓

紫鳳吟

楚客青綺裘售我紫鳳圖且言睹祥瑞與子懸座偶徘徊感客意因以致我辭不能謝朝陽高翔碧梧枝惜哉五章備乃向縑素施我圖已在褐顛倒隨天吳般勤謝客去玩目喜自娛

古樂府

妾有嫁時鏡皎皎無纖滓照妾芳華年塗
澤如花萎郎行向天涯歲月忽逾紀空閨
生遠愁妾容為誰理妾容非金石豈復昔
時比重拂故匣看炯炯光不已人情重顏
色反目如覆水願郎照妾心明與鏡相似

其二

媚媚天上月乃有盈與虧區區世間人豈
無別與離月虧復上盈君別無還期月圓

重可待君信不可持灼灼紅槿花落落青
松枝單居無與儔貞白徒自知人生良鮮
懽乃復長相違托婚昔未久幸無兒女愁
妾心有姑嫜君去倚門思川長船可逝路
遠車可馳人情不如月素光流妾幃

原上楓

青青原上楓春至鴨柔葉雨餘似膏沐幽
蔽深澗石作日原上行寒林淨如削此時

澗中松偃蹇睍霜雪

古別離

天河限東西經歲別女牛社燕辭歸鴻亦背春與秋人生苦離別別多白人頭十年阻江漢音問何沉浮豈惟腸九轉輪迴日萬周君看江頭水東去無回流君看山上雲來往任悠悠

牧童詞

我牧不憚遠牛多良苦辛牧與牛亦狎馴擾毋敗羣平原溼春煙碧草何披紛大牛隱重坡小牛飲芳津旦出露未晞及歸影常曛時復扣角歌歌俚傳我真取樂南野間世事所不聞歌闌臥牛背仰見天際雲

塞下曲

朔風號古榆厚地凍欲裂大漠無人行長雲欲飛雪陰陰古長城野燐明復滅草死

雲殺飛雪傳傳古長城野燐明復滅草死
朔風旋古樹鳴地凍泉聲大漠無人行跡

塞下曲

問世事所不關覷闔臥平背仰見天際雲
常爐情復如因嬰嬰埋傳故真取樂再野
隱重峰小牛放芳津日出露未晞及歸路
繞母隴春平原深春滿碧草向放紛大牛
旅放不憚遠牛已良苦辛放與牛亦相憐

放童謡

雲來往往悠悠
蕩迴苕看江頭水東去無回流苕看山上
阻江漢音回何沉浮豈應過九轉蕩迴日
背春與秋入生苦離別別已白入頭十年
天河限東西錯戰別再年杜燕游歸燕亦

古別離

淵中松溫養眼靈雪

沙場空飢鳥啄殘骨

柳桃詞

灼灼絳桃花梟梟黃柳絲風流少年場天
冶不自持春風日夜變點拂飛故（原缺）飄紅
惹飛絮流水向天涯美人麗南國蘭蕙熏
枝柔青春姤娉婷笑盼生光輝素絲感青
鏡朱粉難為施奈何桃柳質歲晏徒傷悲

東林行

意行忘遠近所詣欲登仙絕峽下蒼黑半
壁懸銀泉峰廻路不定曳杖聊寅緣延流
忽舒曠櫧柟影翩聯恬目霽孤望洗心玩
芳鮮永晝聞樵斤芳洲愜鷗眠幽迥人境
異似與隐世便岩花映石瀨漁舟起孤煙

懷別

青桑蔽繁蔭玄鳥春將莫東風老松花長
林翳黃霧俛首事鉛簡流光暗中度淮水

日夜流美人邈難晤賓鴻盡北歸誰與達
書素長歌復徘徊晴川渺煙樹

莫春

衆芳麗春輝夭冶眩紅紫紛紛兒女憐圍
香碎羅綺笙簫衣鳴鳴申旦懽未已鶗鴂
何處鳴繁華總流水誰知搖落時可以觀
物理

徐山民隱居

高人寡朋徒乃與世遼闊廓然方寸中不
受外物役重林出新構裏廣意所得材全
不雕樸墻垢不加白素琴與芳茗賓至隨
所適簷枝戛雲浮蔦蘿自駢織朱明景常
晦悄愴過香閱石寒水愈清寸寸落秋色
神淒不可留題詩記崖壁

天竺古

幽幽祇園樹色界閟寶坊槃槃庭下桂秋

光何⿰火常煌道人臥芳芬鼻觀無來去妙意了忘倦坐久雲生樹

遊山寺

空林淨如掃石徑穿嶺細紺廬出深樹麗瑞下雲際偶逢赤髭侶囑我聽真諦菘肥齋鉢豐樾古佛燈翳遮簷棘蘿短野枳香入袂夕磬雨三聲半岩花雨霽

客中贈別

雪晴水生波有客繫遊鷁語離江上亭亭宇虛且寂老柏瘦入節色古根似石微陽麗木末春去動寒碧莫嫌市酒薄贈子秦人策去去最自將子身貴圭璧

濯足

投迹處田野僧日相親晝棋松石下夜榻山中雲流水何處鳴澗芳漱餘春濯足坐芳澗浩歌復誰聞

溪之濵

小雨淨川綠玩心鷗鳴羣拂蘚憩幽磴松
花點衣巾禪扃杳何處疏磬時遠聞清煙
溼山道牛羊下斜曛

送春

春莫適川上意欲流水長時有白雲至遠
帶松翠香手携淵明詩倦坐據繩床悠然
宇宙間是非兩相忘

憫蔬

富人厭粱肉貧士懷虀鹽采芳得野蔌終
朝不盈襜剢茲春候和學圃濵澗南席地
歷疏塊罫畦理長鑱孤芳紫芳茁早韭綠
且纖已復種晚菘犀角我已含期此旦夕
郊菜把日可添時陽忽久亢生意幾不堪
豈憚抱甕勞灌沃終難需馬齒一何茂縱
逸徒爾芟所憂穀不登饑饉今乃兼矯首

空

向昊昊霖澤何日覃

來故人

東林旦氣白清旭含初景空寫松桂幽光動離離影俄聆剝啄音車馬何炳炳我本出世廬脫落知廢升屏迹謝時彥兀坐息造請喜滋共蕭閑妙論得新警夜涼月滿川中流嘯煙艇餘音嫋秋風清與川永

仙源

桃花悄無有仙源渺何許流水清於銅松色與崖古長林暮蕭颼似與幽人語儵然臥荒巷聽猿夜深雨

幽居

索居簡人事與世意空投紫荆已就理歲月念昔疇落落雞犬墟隱隱漁樵洲嘯傲一壺綠聊以寫我憂及晨寓冲賞獨策還逕邛向夕山景霽延矚明川流白雲息空

谷歸鳴林幽人生亦屢化汲汲將焉求

山南丈人

丈人山南來鉄面冷松露野芳墮春妍看
入青芒屨逍遙憩幽磴睨我如有素即即
亦無言還帶雲山去

玄上人

安然簡清素趣與外迹絶玄談松風栖我
一襟雪逍遙雨花外豈復念濁夜任久白

河沉掛簷耿疏月

訪友

閑携綠玉杖遠詣諸老家斷澗秋木落寒
沙烱泉花高談意偶合脫落偪仄歌從容
飯雕胡屢瀹粟粒茶亦復事文翰醉餘索
秋蛇慷慨振吟袂歸途及棲鵶

秋原

晴煙淡秋原枯梢翳残葉蘭芷徒自妍芳

馨誰採掇豈無同心人歲月念飄忽詠思
河水深迢迢暮雲合

接竹引泉

蒼潤隱石脉幽居迸石椒連筒入雲壑勢
接河漢遙引茲一線秋高下穿林梢聯絡
裊相拄旋折不辭勞挽之歸我廬晴雨注
屋茆乍聞始涓涓俄聽忽嘈嘈空階落瑟
筑虛瓮鳴鈞韶盥浥足自潔心迹良已迢

固無鼎釜珍頗煮溪澗毛未能學許由厭
喧解風飄

謝僧茗餅

僧達無生機寂念若冰冷汲來石根泉瀹
以雲腴餅舌端味枯禪了然發深省歸來
石林室清飈下松頂

白水晁居士名家駒也高才不覊脫
俗嗜飲所居有斷崖夕翠軒留偈

而化賦此寄悼

晁子摩泥珠照轍白水源不啜趙州茶不面達摩禪山餅潑乳酒瀟灑夕翠軒飄然忽謝去遺偈如濤翻鴻去無留影落葉返故根寂然本非滅今昔豈無存蒼然斷崖陰寒松自清妍

答楮思古

楮公何為者純以藏鋭哦詩古松根石人思遠詣疏嬾意自真客至忘冠帶流俗豈同調目擊趣自會素琴固不澤抱朴乃不敗悠然流水意本在巖絃外溪暖潛鱗躍野夕歸鳥逝與子盡尊中漁舟且清瀨

次韻張洞雲

張子湖海襟乃復喜岩壑朝飡進芝醴夜誦然松節深雲暗幽洞仲夏欲飛雪下春炫餘景林水忽明滅欵客垂罄室頗感十

年别携琴意已消酌茗石蘿月

渚澗月

道人淡無為嬾散忘盥櫛掃石秋樹根曙澗濯殘月袖浥水光潤履帶山翠滑虛闌倚雲歌清猿共孫絕

湘中

天寒楚雲淨木落湘山幽空江夜來雨水滿蘆花洲西風何渺渺滄波日悠悠有懷誰與言注目孤鴻秋

西山

西山一何佳税駕謝囂塵獨往殊有趣野鹿時親人泠泠澗下水綿綿山際雲幽憩任疏散岸幘對楓林

夏日偕友晚步飲聽泉軒

終日局環北散策窮深幽嘉我二三子落落誠罕儔適意隨所詣行行遂經邱青松

落誠平專適意直所詣行深邃印青松
縱日石琢北最策深遊嵩老二三子落

夏日游方廣寺觀瀑泉軒

在游散步情對楓林
處時覩入彷彿湖下木鏡鳴山涼雲過樹
西山一向往幾度謝鷗處酒在林有鶯啼

西山

誰與言注日暮高秋

滿廬花洋西風何所適遊滄波日懸懸有鷺水
天寒楚雲淨木落湘山遠空江夜來雨水

湘中

倚雲影清辣共遊笛
湖灘淺且袖泥木光潤收帶山翠滴流廬闔
道入深無奈彌最霧盟攤石杖樹來鷺

游湖且

平野荒春漁門造酒遊白石巒且

作

如高人含風自蕭飀夕雲度深翠爽氣衣上浮石根寫幽泉戛戛珠球樂彼泉上趣幽構起岑樓新葉秀雨滋舊竹清且修欵我情且厚清樽頻獻酬盤有餘粱肉嘯傲成遲留池深風露香荷意淡欲秋飲散衆喧息微月生林陬

松下泉

長松蔭層巒岱色入崖骨鬱為翠雪浮蒸溺香不歇融液化寒泉飛迸出石窟不逐軟紅塵空山瀉明月

九月偕友登東岩定香寺

茲岩何穹窿迥出人壤隘當時碧天餘偶墮靈鰲背神丁挾奇功塞此滄溟滙翠濤化千峯尚呈掀舞態色連空宇高氣薄坤輿大紺廬切層雲燦然金銀界猶開闢土迂曠無斬雉至今絕頂泉下迸萬丈內陰

陽互轇轕造化自根蒂崖壁鑿靈境洞壑槖寒籟旁開一罅峽天影落青岱陰嵐洒晴雪長夏結幽晦石門聳峩峩屹若劍門勢在昔乾符門綠林肆凶厲托茲保遺黎殘石猶紀載憑高達遐觀訪古起餘慨盪胸瀉河漢散髮沐坑瀧煩襟忽如遺舉步寄一快携朋紀重九秋高崖菊細濁醪絕飛觴浩唱發雄邁反身下天磴百盤經險

怪目眩神蕭森冷風蕩歸袂人生諒逍遙歲月豈余貸吁嗟謝公屐去此遺勝概回首山蒼蒼夕陽渺雲際

山中雲

空山有白雲雅與高人約卷舒本何心乃似悅遐矚色幽淡山翠意遠渡溪綠日莫久徘徊前村雨應落

次韻幽居

晨興啟衡門見此溪南山山光入溪綠水
底明青鬟煦煦自樵漁清歌時往還莞爾
花詠晤寘我丹素間

西山書館為菊為鄰豕所殘

耽書息世慮種菊祛俗塵閑携手中書往
訪西家鄰雨露分寸苗書暇策我勤無何
彼艾蟻縱逸戕其真懷哉楚屈平憔悴對
窮皭菜枯固有花悵然念芳芬信知洛中
花乃壞逸驥羣甯如擁腫樗不夭匠石斤
挾策嗟自娛亡羊監花因所貴根本在生
意喜復伸歲晚同襟期而我及數君採芝
豈辭楚種桃非逃秦摘英泛濁醪孰非東
籬人

清溪深

連娟數里洲翠篠何森森微風動枯籜謖
謖鳴空林雨散幽猿啼野樹煙沉沉薄莫

有搖欵乃清溪深

相逢吟

客從郢中來抗志青雲表持螯共拍浮江遠孤舟小寒夜潮氣白楚樹晴烏早酒闌起篷窗落月在西島

讀張巡傳

我懷張睢陽厲節剛不吐妖氛黑如漆孤旅勁如虎憑城怒裂眥忠勇激肺腑擐甲

四百戰奇計不可數江淮卒保障藉此奠唐土可鄰將孤軍機勢如莫禦食盡兵已窮愛妾入鼎釜雷南空桓桓餘勇不可賈身城遂俱亡大義著君父人孰不能守公守以死拒人孰不能死公死乃其所繁霜表貞松漢水知砥柱當時偷生輩腆顏猶妾婦青燈撫遺編英氣凜千古

明妃曲

遊水無回報去箭無反筈十載昭陽春善
望龍荒目風沙滿宫衣慘淡餘幽歌哀絃
彈濕繇淚盡絃已絶寄語漢飛將此計誠
太拙眉蛾豈長好不久為枯骨

周比山先生詩集卷之一終

遊子無回報古譜無人答十載留酒春燈
望龍荒且風沙滿宮衣漆淚餘舊恩來慾
彈淚縣淚盡隨已啼語漢飛燕已計激
太雄昌數豈長名不久遂枯骨

周北山先生詩集卷之一終

周此山先生詩集卷之二

七言古詩

呈伯長袁學士

玉堂中有真仙人錦衣翦製五彩雲瀛洲高處睨八極奎躔光氣胸中文揮毫對客驚風雨詞翰風流邁前古獨榻草制回天顏夜歸常照金蓮炬龍門賓客何繽紛一經品藻生陽春新文之寄盖有在孰不奮

勵激陶鈞蹇予鄙陋真無似家在江南萬山底石盆鑽木不能穿半世吟哦事芝髓可憐歲月空駸駸高山流水無知音黃河泰嶽何高深見公不負平生心

題和靖水墨梅圖 林和靖名逋北宋人

溪藤擣霜寒奪目硬瘦殘字疏相續墨花出袖吐春妍一片玲瓏水蒼玉分明寄我孤山圖上有歲月書林逋古丹漫漫篆窠

暗敗素颯颯形神枯西冷橋畔黃昏景船
頭鶴夢風吹醒一從馬鬣銷荒寒萬古人
間幾香影苦吟老盡詩興豪窮愁到我心
徒勞君此畫三歎息雪晴月映橫窗梢

羸驥行

高秋吹霜沙草衰坰駉牧野無龍媒伶娉
羸空驥伏櫪長稭短豆隨駑駘筋聳鼻眼
如井月冷沙浩吊寒影颯疏長嘶萬里心

雄姿困頓無由騁乃知天閑十二屯如雲
龍應憶八尺蹴翻青雲捱綠鬉金羈照耀
皇都春朝辭天山暮碣石飛雪流雲邁無
迹風吹欲軋拳毛騧意氣能傾照月白短
衣溪官霜虬鬚圉養芻粟多遺餘絕憐羸
驥不豐滿剪刷猶可同馳驅我欲進之嗟
遠道神全形枯難自好按圖舉世識驪黃
懷哉駿骨秋高老

蕭若騷年秋高矣
遠道神全枯藥白好按圖與世避囂直
觀不豐滿寶何猶可同雲驪放追八駿
兮流宜霜也寶圖春騷樂以遺餘翁律灑
逈風吹放軋奉毛骨崖氣俯領懸日白頭
皇都春垣辭天山暮臨石巢雪流雲邁無
龍鷹擅八尺蹴翻青雲旌幟欲飛金鐫照耀
樺姿因頑無由騁乃否天閑十二屯名驄

如井月分流浩市漢影風流春蕪萬里心
鷹空蕭伏鷹林稭柢豆隨篇鷺砂鐸鼻喉
高秋吹霜河草寒過過放男無龍類合蹤
鷹蕭行
淡若布只畫三數見雪晴日來樓閣粘
閣幾杳號苦兮吹畫詩與真號欲空放心
頭鷹鳴風吹醒一從風驚筋荒漢萬古入
喈吹壽颯颯行神枯西兮橋畢薄召鳴喈

惠山寺九龍峯下酌泉

惠山鬱律九龍峯磅礴大地包鴻蒙劃然一夕振風雨欲啟靈境照神功六丁行空怒鞭斥雷光搖光飛霹靂一聲椎破老雲根嵌洞中開迸夜寒道人甃玉護藏鏡涵萬古凝秋光陸翁甄品親試賞翠浪煮出松風香我來山下討幽境自挈瓶罌汲清泠味如甘雪凍齒牙紺碧光中敲風餅昏塵滌盡清淨觀心源點透詩中禪一派陶泓挾玄玉揮洒字字泉聲寒投閑半日聊此駐孤棹明朝又東去紅塵人世幾浮雲鏡鼓空中自朝暮

牧羝行

朔風沙吹浩漫漫冷光射月愁雲煙茫茫大漠亘萬里何處有路歸中原羣羊牧老草枯死倚節自誓無生還餐氊嚙雪氣自

草枯兀石露宜樂無伍還衆鶴噴雪巖乾白
大漠亘萬里何處有路歸中原羣羊牧女
祖風沉沉只活浸過分光射月照雲煙芳芳

牧獸行

鏡鼓空中自朝暮
比臨參棹明朝又東去行處入世參浮雲
孔梂古王揮酒穿穿泉聲爽披開半日聊
應滌塵清淨鐵心源照遶詩中禪一味閒

冷味如甘雪凍齒牙細碧光中夏風解官
松風香放來山下詩畫境自碧韻浪波清
萬古嶽秋光陸留殿品觀欲讚翠浪煮出
根欲洞中開逆有寒道入然王護藏鏡涵
從藏下雲光據光乘霹靂一聲植破荒運
一夕焦風雨欲啟靈境淚神功六丁行空
惠山樂樺几龍峯碍礴大地色請秀畫成

惠山寺几龍峯下西泉

倍婉憐兒女懷飢寒夜長空望漢月白幾度弔影憐羈單已將傲兀壓憂患獨仗大義排堅頑此生自信羝不乳豈思雁足書可傳歸來屬國豈不厚區區一飯皆君恩

紀信歎

沛中龍奮硭碭雲咸陽楚炬三月焚兩雄角起鹿在野三戶有楚無強秦貔貅百萬紛如雪戈矛盡染英雄血旗旌曉蔽天河雲兵塵夜暗中原月滎陽數年戰不休重圍食盡漢亦憂將軍詐帝出降楚脫帝虎口真良籌無何諸將已平楚事定功論列茅土獨無旌美到將軍不得褒名紀盟府男兒死節老已酬瞑目地下夫何求吁嗟功烈俱悠悠漢廷雍齒且封侯

鴻門宴

項王高宴鴻門北風雲奔走天為黑椎牛

刺豹酒三巡談笑戈矛生頃刻豈知天命非人謀玉玦三提事何益興亡漢楚兩千將開闢乾坤雙白璧喑嗚漫說萬人敵龍準天人竟誰識玉斗聲中霸業空烏江江水還流東

贈筆工王子玉兼能詩

蘭林有客鬚如戟吳霜滿鬢蕭秋瑟廣寒偷拔老兔毛歸寫管城湯沐邑興來忽駕錢塘舟惠然訪我蒼山畷酒酣作字大如斗玄雲落紙香浮浮我慚職守先白首鉄硯磨穿筆如帚與君邂逅兩忘年暮雨江湖一樽酒

贈畫牛褚冰壑

魋形碩骨高崚嶒弭角垂耳行凌競蹇予巳向田間老一見此圖知畫好春郊雨後煙草肥吳犍十角相追隨前行過沛一回

顧後行觳觫不敢渡收兒突怒急揮鞭瑟栗劣黠行爭先蓑衣不脫春煙暖一笛斜陽牛背穩雖然以筆全於天安能為我耕墝田我令身是扶犂老以景以牛何能寫好從天廐圖驊騮氣厲八極凌高秋

子陵釣圖

東都熱官手可炙吳儂面似秋江色平生落拓一羊裘七葉貂蟬不堪易功臣盡在雲臺中丹青化作灰塵空先生遺貌乃在此釣竿尚裊桐江楓悠悠世事江雲白過眼輕帆自朝夕人間萬古仰高風天上有星猶是客

次韻張剛父觀物軒

觀物之變觀化原遊物之初遊於天萬象起滅隨飛烟守之惟一天乃全秋風葉零春花妍盛衰老少人皆然潛機剥後相回

好從天淵圖畫醞氤應入極淡高秋
境由於今身是林猝於以景以牛何能寫
陽牛背穩雖然以筆全於天安能為牧耕
果為點行華先發於不勝春煙暖一笛斜
顛樓行撥纓不敢渡林兒淚綠意傳歎遥

子陵釣圖

東都激宜手可笑兵儀面似秋江色平生
落拓一羊裘又兼詔轉不堪思功名盡在

雲臺中丹青化作灰塵空先生遺貌乃在
此翁筆尚象相江楓傚世事江雲白過
眠壑亮宜朝夕入間萬古中高風天上有
晏酒是客

次韻渠國又觀造軒

觀造以變觀化原造造以物遊於天萬殊
迂滅隨飛烟守之淮一天乃全秋風葉零
春花妍歐寂未少入留無濟殺劫後相回

璇至理妙契言傳張君目擊道所存身具太極誰參玄返諸觀物諸心我心外物安能遷鶴長鳧短隨所便莫問漆園高物篇

次韻楮仲明苦熱行

獨龍啣火飛南陸萬疊雲峯天地窄鯨波沸海泣陽侯涸盡泉源金石鑠人間何處逃酷暑細葛如裘汗如雨蒼山墮此深甑中救渴何時命如縷我欲太華峯頭酌瓊液醉臥青瑤嘯松月明星邀我玉井旁共折芙蓉弄香雪扶搖直上九萬里高挹盧嫯太空裡手攀斗炳睨塵寰濯足銀河弄秋水

錦雞

巴山靈物初離羣翩翩麗組雲錦文羽翎新刷爪距利采色勝似沙頭鴛晴曬入户爛相射胸中有物垂紅碧暖光若若花盤

條出示山童有矜色文章固足媒爾身彫
籠抱東還必辛區區飲啄豈崑情遙望野
樹溪雲深

焦山寺

赤霞夜出扶桑東海雲捲浪凌虛空剛風
浩浩吹不去崔嵬化作青蓮宮萬衲月寒
清梵寂四面沉沉皆海色鐘聲不許到人
間自送江潮落寒碧

八詠樓

金華盡是神仙府羣玉峯高青可數絳氣
光騰躔寶婺玉女來司以土峩峩飛觀矗
雲巔旛旎杳靄羅真侶窮高更上沈郎樓
萬象憑闌一揮麈雙溪上泝銀河流水捲
寒波翠蚊舞詩人去後景物閑山月溪風
自賓主當時八詠畫圖閒翠玦娟娟羣風
翥秋高水落月更明猶酹清樽慨千古浮

雲世事雨悠悠突兀空樓老風雨

次韻岳宰

舊交落落十八九萬事從渠屈伸肘東華塵土少年夢歲月無情一回首遥望泰嶽秋氣爽不隨王燦悵登樓六朝已具清廟器吾道豈復歸山邱文章誰道同蜀狗還有問奇人載酒清談洒洒秋莖露飽食官羊豈有數舊家桃李春濕溫流芳枝葉才堪看江梅自今托歲寒一枝遠寄聯清懽

次韻邵本初

詞源倒峽驚濤吼不羨當年燕許手快意閑觀未見書約客來浮無事酒驪珠先迸囊錦列一生不掉儀秦舌有時一舸訪逋梅梨雲夢覺西湖月有時歌騷湘雨霽采得青蓮幕中客

次韻友人

憶曾共醉高陽銀毫翻墨摘烏絲江鴻海
燕忽相背幾度夜雪山陰時東華塵土黑
貂敝南樓月好思元規丁年始赴雞黍約
春雨剪韭供新炊青燈對金落寒爐夜談
亹亹真忘疲天根妙意秋莫寓心薄萬古
含清輝通家交好固不遠特容硯席還迢
隨劃來健白脱秋準淡似菡萏開秋波翩
翩瘦字老蛟舞入妙佳畫手中錐手絃繹
水不可和楚天日盡孤雲歸

採蓮曲

越溪女郎十五六翠綰香雲雙鳳壓嫣然
一笑似花妍艷試新粧照湖綠羅衣露挹
紅芳秋少年陌上情綢繆蘭橈容與隅花
鷺語散鴛鴦生晚愁蓮花莫折莖有刺藕
絲易斷斜難度清歌一曲入湖煙空載香
風滿船去

西瓜

當年傳種非西陵蒲萄石榴來與并碧壺深貯白沉瀣霜及凍割黃水晶豪家宴客候鯖引大酒鯨吞嫌肉熟以時專席荐水盆分與鳳前滿襟雪

韻謝益州賀生

清標壺冰炯人目惠然共剪西窗燭酒酣慷慨意氣傾且羨階庭有蘭玉阿翁堂上

白髮新自意培塿無鳳麟娛情聊爾慰款款流慶未必誇詵詵君家珠樹春風裡聯芳競爽無凡子甯家宅相魏家兒換榦移根顧同此

歐陽公雖不到杭而惠勤歸里之時因所居有泉湧出遂名之曰六一泉東坡有記

歐陽天人世無匹六物之中自為一孤山

之下西湖西飛夢逍遙繞雲石鑿開瑤窟迸銀泉水鏡心中湛虛白是心洞洞何所容內照此泉皆外物坡翁好事鎸珉珬醉墨雄翻鼎筆至今草木餘清輝冠劍一時隨戲劇兩翁神與造化遊鞭駕風霆揮八極垂光後世幾千年名不可磨泉不竭

夜泊吳江

瀰茫巨浸無坤軸溶溶一鏡天東北兩虹渴飲駕空來千尋橫截玻璃碧嚙堤駭浪飛晴雨晦暝白晝蛟鼉舞萬家燈火水晶盤森森魑魅夜撾鼓斗柄銜城湖水白清愁惱我江南客安得風流張志和共醉漁舟擪長笛

雪軒高士以白紵製服作歌戲贈

經水緯玉紛縱橫三盟寒露方織成曉機雖裂不敢玩一道雪瀑來中庭天然精潔

不可浣犀熏麝染慚吳綾製成素服輕於雪雅稱仙官鏘鳴玦星斗離離夜插椽高興飄飄白銀闕乘風便鞭紫鸞車瓊簫吹落蓬萊月

偶成

道人醉臥呼不起春風吹花滿烏几鉄冠散人石作腸一曲泠泠寫流水曲終意遠流水遠幽襟炯炯含秋霜一聲野鶴不知處雲霓明滅山蒼蒼

甓杜湖

碧天如暮沉雲影飛廉不怒銀濤靜驪龍正睡貝宮寒一境光凝青黛冷數聲漁笛來何處白鳥雙雙忽飛度夜深明月坐孤蓬人在光寒臥風露

八里庄渡淮入黄河水渾不可飲過徐入清河水方澄潔信筆聊記

徐入清河水方澄澈信筆臨記
八里庄渡淮入黃河水渾不可渡過
篷入夜光寒臥風露
來何處白鳥雙雙飛度夜深思且坐今
正值貝宮寒一境光凝青氣分數聲漁笛
碧天如暮沉雲影飛廉不管須濤靜龍

鷗社湖
夜雲霞迴海山蒼蒼

北山詩集　十三

流水遠迴旋回合秋霜一聲野鶴下知
散入石作腸一曲泠泠驅流水曲燕意過
道入醉回呼不起春風吹花落鳥乃來過

偶成
落蓬萊且
興飄飄白鯨臨乘風便擬扶鸞車覽羅汝
雲雉翔仙向鷺高孤足半籠纏夜棲林高
不可流摩乘潮沽車叶發漿汶春服難今

河流汩汩如涇水濁浪崩騰疾馳駃一石
中膠水斗泥舟客居民皆飲此黃河不復
行故道下注清淮通海涘十人度索上一
洪寸寸強弓挽難起屹然趺坐如僧禪日
與篙師同愠喜青山一髮認邳州蕭條暮
上魚豚市過客一笑我何為驚濤駭浪行
萬里爭如林下混漁樵俛仰嘯歌行將止
回頭寄語北山雲征塵待向風泉洗

謫仙樓

大羅謫仙李太白秋水浮蓮浮玉色一來
金馬玉堂中詩酒猖狂天子容飄飄豪氣
秋風起登樓曾醉山東市放浪形骸宫錦
袍榮華富貴東流水酒酣揮洒翻河筆險
語能令鬼神泣至今光焰照座褱一字堪
賞雙白璧我來懷古空悽愴風月千年尚
無恙何時相見崑崙邱汗漫從遊九天上

樂清河特相見覓舊鄉汗漫從遊九天上
賞雙白璧來懷古空悽愴風月十年浩
詩能令鬼神泣至今光焰照塵寰一身塘
花樂華富貴東流水酒酣揮酒翻河筆嶮
秋風起登樓留醉山東市放浪形骸宮錦
金馬玉堂中詩酒猖狂天子客飄飄真落泥
大羅謫仙李太白秋水浮蓮浮玉色一來

謫仙樓

回頭寄語北山雲征塵猶向風泉洗
萬里爭如林下況漁樵俯仰驢歌行樂止
上漁磯市過客一笑放何驚瀟灑殺宜行
與鷗鷺同遊喜青山一髮認印井蘿條暮
洪水十年泛灘起汕濺破坐如僧禪日
行敗道下注清淮通海澥十入度家上一
中勝水斗沉舟客居屋毀巧黃河不復
河流沮沮如洹水過浪沮灕流窟一石

原上

風捲長河雨聲歇掠面驚寒草如雪亂山青盡天茫茫萬里孤雲沒飛鶻啼烏城外行人稀白楊蕭蕭塚纍纍目斷清明原上路日暮紙錢撩亂飛

呈趙子昂

蓬萊仙人似松雪曾向天潢遡銀闕天孫為製紫衣裳五月雲遏佩天明近聞承詔

白玉堂詞頭夜下風雨忙一揮九制夜未央金蓮分賜宮壺香淋漓妙墨蛟螭走世有鍾王皆斂手偶然醉帖落人間隻字珍藏抵瑤玖我家浙水蒼山東閉門偃卧甘詩窮辨香未展師道敬携琴斬出杉蘿中問公何日作霖雨共挹文章事明主願恢斯道澤斯民奕奕光華照千古

趙子華乃跅弛之士齒新氣鋭痛飲

豪吟座中未出其右者因賦此以識
云
趙君胸吐虹五色飲酒哦詩世無敵寒夜
濯髮當銀潢酒星飛入錦繡腸眼花耳熱
忘爾汝筆陣如雲來黷武百番玉板連秋
霜空中錯落天葩香千奇百怪驅風雨露
洩玄機鬼神語須臾收斂寂無譁依然醉
盌翻流霞

龎眉黃冠方外奇士也携山水圖求
倩知予意不納必欲求詩因以賦
此
鉄冠鶴髮玄都仙清晨過我談重玄手中
衡霍墮歷凡縞素颯颯開風煙正嫌容舍
如舟窄掛壁恐渠衝破屋急教童子捲回
師始覺眼前突兀

子昂學士為余作此山二字并作詩

卞學士杏念作氏山三字詩

昭始覺眼前空乃
如昇宵挂壁花湧衝破層鵑數重千樣回
衝霆隱處凡鶴素颯颯開風聲正嫌谷含
骸冠鶴髮方都仙清晨過夜談重名手中
氏

情知子意不盡恣發來詩因以賦
麗眉黃冠方外奇士也嬉山水圖來

盥翻流霞
況玄機鬼神語須臾成篇飲無華采流醉
霜空中諧落天籟香千古百依酒風雨露
忘酒境筆陣如雲來驚武百番王板運秋
濯髮謠銀漪酒星飛入錦繡腸眼花耳熱
趙酷酒吐虹五色傾酒吸詩世無寧寒夜
云

夏夕座中未出其右者因賦此以識

見昇其詩云青青雲外山。烱烱松下石。古顏在山中。風神照松色。又云爽氣在襟袖。清風拂絲桐。悠悠識天趣。宴坐心融融。因賦此以誌謝

一邱合老漁樵席。詩聲誤落燕臺側。夤緣得見玉堂人。面帶九霄雨露色。夜光爛爛明月章。惠然墮我山雲旁。臨風諷詠松色句。草木往往回春光。松根老屋此山字。娟娟寶墨浮雲翠。行人屋外屢徘徊。日落山空有虹氣。晨窗夢覺秋意清。三盥菊露呼陶泓。一襟感激浩難寫。萬古不盡山青青。

古琴㯃有蛇蚹蛟龍者材之良也道友携一琴甚古謂是寒陵湘石桐枯斵成索價三百緡因售之而作湘桐吟

紋紅 含 期

黃鐘聲沉喧瓦缶良材入爨知多少誰裁鳴鳳千年枝蛇蚹龍蛟巧盤紉澤堅古漆光不磨巖絃不具合雲和已無伯牙之手子斯耳三歎如此湘桐何

濟南原上

朔河去透冰未裂黃蘆伐盡州渚潤荒祠老棟壓欲傾古樹無枝枯復活長嘶飛騎抹流雲草舍微茫聚疏樾夕陽返景低黃埃漠漠平沙浩如雪

冠州

臨津衝要環墟市橫橋斷岸人如蟻車聲軋軋風蓬蓬道上黃塵半空起御河柳色如藍綠翻翻酒旆風高矗歸馬聲喧煙火深落日孤城暮吹角

客行

寒更四點雞未號行人道上聲嘈嘈冬風

慘慄寒刀騷長河爭渡冰堅牢霜花著面
膚欲裂虬髯稜稜凍欲折征車捲地聲如
雷駱駝吼落燕山月

蒲萄酒

翠虬夭矯飛不去架下明珠脫露寒纍纍
千斛晝春夜列甕滿浸秋火紅數月曉月
明清光轉穠腴芳髓蒸霞暖酒成快寫宮
壺香春風吹動玻璃光甘逾瑞霞穠欺乳

麯生風味通難譜縱使典却鷫鸘裘不將
一斗轉涼州

長城

長城峩峩起洮水盤踞蜿蜒九千里朔風
浩浩天茫茫怒笳落日腥風起猶傳鬼神
風雨分孰知當時苦苛役征人白骨掩寒
沙化作年年春草碧祖龍為謀真過計自
成限城非天意知窮城杵怨聲沉禍起蕭

墻陰難恃豈知一朝貔虎來闖東宮殿咸
陽三月紅

賀歐陽公除翰林學士

高含禁署含冰玉瀛州老仙巖靈目錦袍
團團紫鳳花帽光隐隐青螺粟縧綸夜半
催宣布香艷宮壺新雨露硯池一滴紫毫
春霶霑恩波遍寰宇

冷泉亭

昔人來自天竺國漂渺孤雲伴飛錫天落
吹落凝石流去作奇風聳空碧至今裂峽
餘雲隨桂冷松香流未已翠光圍住秋玉
壺道人宴坐無生滅烱烱滌胸照冰雪夜
深出定沒清冷寒猿啼斷西岩月

次韵湖亭秋望

紅衣老盡玻璃國孤嶼人烟落秋色豆花
過雨水風涼日殘蟬鳴踈樹碧雁天紺滑

秋雲淨。玉光烱烱照寒鏡。蟾枝香冷酒微醒。長笛一聲杳無盡。

甓社湖凍合舟膠不能行次陳讓謙韻

天風吹濤攪瓊汁。崩騰一夜堅如石。白銀色照光夜寒。粼粼失却玻璃碧。篙師競擊聲礧硠。千槌撼動鮫人宅。孤蓬正似葉蓮舟。安得乘風從太乙。

題張子敬墨竹圖

翠琳琅兮楚楚。風瀟瀟兮在戶。運滴水於毫端兮。散淇澳之煙雨。

題施聽曲怪松圖

奮蒼髯於絕壑兮。倚天骨之崢嶸。偃高堂之紈素兮。俄颯颯其風生。勢摧撼而憑陵兮。吾恐雷雨之晝冥。

吳僧能詩自號心聽。必欲求證爲著

轉語

吾聞至人踵息不以喉師今人聽欲慶耳師能借聽役以心心我都忘聽何起說空已是自纏縛只此一了皆自足不如無聽而有心渴則飲茶飢則食粥

周此山先生詩集卷之二終

舟行阻潮　見元詩選

江流浩浩吞長天打蓬巨浪翻銀山篙師維舟不敢發東望微茫盡溟渤荒村古渡生客愁丹楓落葉秋飀飀但半西風卷江雨咿軋數聲聞過櫓風收雨霽晨氣清金烏蕩漾波間明舟人歡呼指歸路十幅蒲帆順風去

